ALLOCUTION

PRONONCÉE SUR LA TOMBE

DE

SÉRAPHIN-JOSEPH LEMAIRE

Le 2 Mars 1861

A PREMESQUES (Nord)

PAR

DURIEZ-DESMARESCAUX

Président de la Société des anciens Militaires de Lomme

LILLE

IMPRIMERIE, LIBRAIRIE ET LITHOGRAPHIE DE SIX-HOREMANS

1870

ALLOCUTION

PRONONCÉE SUR LA TOMBE

DE

SÉRAPHIN-JOSEPH LEMAIRE

Le 2 Mars 1861

A PRÉMESQUES (Nord)

PAR

DURIEZ-DESMARESCAUX

Président de la Société des anciens Militaires de Lomme

LILLE

IMPRIMERIE, LIBRAIRIE ET LITHOGRAPHIE DE SIX-HOREMANS

1870

A LA MEMOIRE DE MON PERE

Lille, 8 Septembre 1870.

S. L.

Messieurs,

Avant de terminer la pieuse cérémonie qui nous occupe, je crois utile de vous dire que la démarche que nous faisons aujourd'hui appartient toute entière à notre camarade Lemaire, qui faisait partie de la Société de secours mutuels des anciens Militaires à Lomme ; en conséquence, veuillez me permettre de prononcer, sur cette tombe non encore recouverte, quelques paroles d'adieu à adresser à celui qui n'est plus, mais dont nous aimons à conserver un pieux souvenir.

Ici, comme ailleurs, il pourrait arriver qu'on ait à critiquer et notre concours et nos intentions : il existe malheureusement, presque partout, des hommes à idées étroites qui ne voient que le mal où ils ne devraient voir que le bien ; quant à nous, Membres de la Société des anciens Militaires de Lomme, nous n'avons envisagé qu'une chose : notre devoir qui nous est tracé, non-seulement par notre réglement, mais encore par la reconnaissance qui est le véritable souvenir du cœur. En conséquence, et malgré tout ce qu'on pourrait en dire, je remplis ici, en qualité de Président de la Société, un devoir que rien ne pourrait ébranler.

Je vous prie, Messieurs, de me prêter un tout petit instant votre bienveillante attention, et sachez bien que je ne suis ici que l'interprète des sentiments qui animent tous les Membres de la Société.

MESSIEURS, BRAVES MILITAIRES,

Nous venons d'accompagner jusqu'à sa dernière demeure, l'estimable Séraphin-Joseph Lemaire, ancien militaire du premier Empire, Médaillé de Sainte-Hélène et Membre de la Société de secours mutuels d'anciens Militaires, dite de *Saint-Martin,* établie à Lomme.

Cet homme modeste, respectable, est décédé, administré des Sacrements de notre Mère la sainte Église, dans sa soixante-septième année, étant né à Prémesques le 24 Vendémiaire an III, correspondant au 15 Octobre 1794.

Ce vieux brave est un des vénérables vétérans de notre grande armée du premier Empire, qui fit trembler l'univers entier. Il est entré au service le 6 Mars 1813, au 3e régiment de Chasseurs à cheval, alors en garnison à Joinville (Haute-Marne); quoique parti sur la fin du premier Empire, il a pris part à de nombreuses batailles, et fit même des prodiges de valeur.

Il a fait les campagnes de 1813, en Prusse et en Saxe. Il fut blessé, le 27 Août 1813, à l'épaule droite, à Dresde (Saxe); il reçut une deuxième blessure au cou, le 13 Octobre 1813, à la bataille de Leipsick (Saxe). Il a fait les campagnes de 1814, en France, et celle de la Belgique en 1815.

Il a pris un drapeau à l'ennemi, le 16 Juin 1815, au 20e régiment prussien Brunswick, il l'a déposé entre les mains de M. le Comte, Lieutenant-Général de la 2e division du 1er corps français; le 17 Juin il reçut une lettre de sa Majesté Napoléon Ier, par laquelle il lui permettait de porter le cordon de l'Ordre impérial de la Légion-d'Honneur en attendant la croix. De guerre par les Anglais, il fut fait prisonnier le 18 Juin 1815, après avoir reçu une troisième blessure, à la jambe droite, à la bataille du mont Saint-Jean, vulgairement nommée bataille de Waterloo, qui fut la dernière de l'Empire.

Rentré en France le 16 Mars 1816, privé de porter le cordon de l'Ordre impérial de la Légion-d'Honneur, qu'il avait mérité le 16 Juin 1815, il rentra au service au 28e de Ligne (1re légion de Mars), le 26 Mars 1819 comme remplaçant d'un nommé Poissonnier, de la classe de 1817.

Il fut admis au 15e régiment d'Infanterie de la garde royale, le 23 Février 1822. C'est en cette qualité qu'il fit la campagne d'Espagne en 1823.

Rengagé pour deux ans, à partir du 1er Janvier

1824, il fut libéré le 1er Janvier 1826, partant de la garde royale. Il compte, par conséquent, treize années de service actif et plus de vingt années, y compris ses campagnes et ses blessures.

Rentré dans ses foyers, il se maria une première fois à une nommée Marie-Victoire Defer. Le 10 Septembre 1832, cette femme est morte après une longue et douloureuse maladie. Plusieurs doivent se rappeler les soins assidus qu'il lui prodigua. Plus tard il se maria une seconde fois à la nommée Lucie-Ubaldine Duret qu'il laisse veuve et un enfant de dix ans et demi.

Il fut décoré de la Médaille de Saint-Hélène; comme tous les braves de son époque, ce fut pour lui une bien douce récompense; il était fier de la porter, et à juste titre, car sur ce bronze sont gravés des mots bien doux pour ceux qui le portent : « *Napoléon Ier à ses compagnons de gloire, sa* » *dernière pensée.* »

Cette Médaille, j'en suis persuadé, sera conservée pieusement par sa veuve, comme une relique vénérée.

Telles sont, Messieurs, les circonstances qui ont accompagné notre frère défunt, durant sa vie mortelle. Si elle ne fut pas heureuse, du moins elle fut utile et principalement à notre belle France, à notre chère Patrie.

Mon cher Lemaire,

Comme soldat, tu as toujours été brave militaire, fidèle compagnon de ton grand Empereur. Tu as combattu vaillamment pour notre belle Patrie, notre belle France; toujours guidé dans le chemin de la victoire, par le drapeau tricolore, tu as, par ta bonne conduite et ton zèle guerrier, mérité l'estime de tes chefs et l'amitié de tes camarades. Tu as marché partout et d'un pas ferme et assuré où t'appelait la gloire du drapeau français. Tu as bien mérité de la patrie.

Comme homme privé, tu as été bon époux, honnête citoyen, homme modeste et vertueux. Tu as, j'ose l'espérer, obtenu la récompense que Dieu accorde à ceux qui, comme toi, ont toujours marché dans le chemin de la gloire et de la vertu.

Avant que la terre recouvre tes restes mortels, reçois, cher Lemaire, l'assurance de l'estime et de l'attachement de ta veuve et de ton fils éplorés, de tes amis, de tes voisins, de tes anciens camarades d'arme, des braves intrépides militaires, qui, comme toi, ont fait partie de cette grande et vaillante armée et qui se trouvent ici présents. Sois persuadé, mon cher Lemaire, que tous conservent pour toi un précieux souvenir et qu'ils ne t'oublieront pas dans leurs prières.

CHER LEMAIRE,

Napoléon Ier, ton Empereur vénéré, disait dans la cour du palais de Fontainebleau : « Soldats, je vous fais mes adieux...... Adieu mes braves...... Adieu mes enfants...... Mes vœux vous accompagneront toujours...... Conservez mon souvenir. » Tes camarades, tes compagnons de gloire, les braves des braves qui entourent en ce moment ta sépulture, te disent à leur tour : Adieu, cher compagnon, brave Lemaire, adieu.... Que ton âme repose en paix et que la terre te soit légère.... Adieu..., en attendant que nous allions recueillir, comme toi, cette couronne immortelle réservée aux braves. Adieu, cher bien aimé Lemaire.... Adieu.

M. Lemaire est mort, vivent les anciens Militaires.

Napoléon Ier n'est plus, vive Napoléon III.

Lille, Imp. Six-Horemans.

30